Polo Avendaño, Samarys

    Triqui-trueque: cajita de ensueños / Samarys Polo Avendaño;
Ilustraciones Henry González. John Joven. -- Edición Mireya
Fonseca Leal. --
Bogotá : Panamericana Editorial, 2001.
    52 p. ; 23 cm. — (Que pase el tren)
    ISBN 958-30-0796-X
    1.   Canciones infantiles colombianas 2. Cuentos infantiles
       colombianos I. González, Henry. Joven, John, il. II.
       Fonseca Leal Mireya,
    ed. III. Tít. IV. Serie
I784.624 cd 19 ed.
AHD2628
          CEP-Biblioteca Luis Ángel Arango

Samarys Polo Avendaño

triqui-trueque

Cajita de ensueño

Ilustraciones de
Henry González y John Joven

PANAMERICANA
EDITORIAL

Editor
Panamericana Editorial Ltda.

Edición
Mireya Fonseca Leal

**Diagramación, ilustraciones de la carátula
e interiores**
Henry González Torres
John Joven Cartagena

Primera edición, abril de 2001
Segunda reimpresión, septiembre de 2005

© Samarys Polo Avendaño
© Panamericana Editorial Ltda.
Calle 12 No. 34-20, Tels.: 3603077 - 2770100
Fax: (57 1) 2373805
Correo electrónico: panaedit@panamericanaeditorial.com
www.panamericanaeditorial.com
Bogotá D. C., Colombia

ISBN: 958-30-0796-X

Impreso por Panamericana Formas e Impresos S. A.
Calle 65 No. 95-28, Tels.: 4302110 - 4300355, Fax: (57 1) 2763008
Quien sólo actúa como impresor.

Impreso en Colombia   Printed in Colombia

A Ángela y Saúl,
mis padres

A Saúl, Juan y Angie,
mis hermanos

A Beliza Isabel Avendaño

A mi esposo
Alejandro Castro Castro,
por su apoyo y dedicación

CONTENIDO

Para bla, bla, bla y nunca acabar

Para peinar los bigotes del sol

Para cuenticontar

PARA PERSEGUIR LA LUNA

Canción de cuna

Dos tortuguitas
en un manantial
retozan, sonríen
y van a nadar,
pasean en nubes
de pan y coral,
se mecen en sueños
que pueden cantar
tonadas de cuna
color de luna
amarillo intenso
y un beso al final.

Entre las estrellas

A Stephanie Gómez Serna

Los grillos cantaron
la rana calló
y un ángel de azúcar
muy lejos voló.

Las nubes lo arrullan
en cuna de añil.
Los grillos, la rana
no lo ven venir.

El ángel no ha vuelto
se quiere quedar
y entre las estrellas
también alumbrar.

Una canción para Santiago

A Santiago Torres Fajardo

Ven a visitar las nubes, Santiago,
a navegar en barcos de papel,
a galopar en el arco iris
y a pescar las estrellas
que del cielo caen al mar,
para llenar con ellas
frascos gigantes de cristal
que puedan alumbrar
en noches sin luna.
Ven, para que oigas
las canciones de cuna
que te escribe el viento
en los caracoles.
Ven, mi amor,
los girasoles esperan por ti.

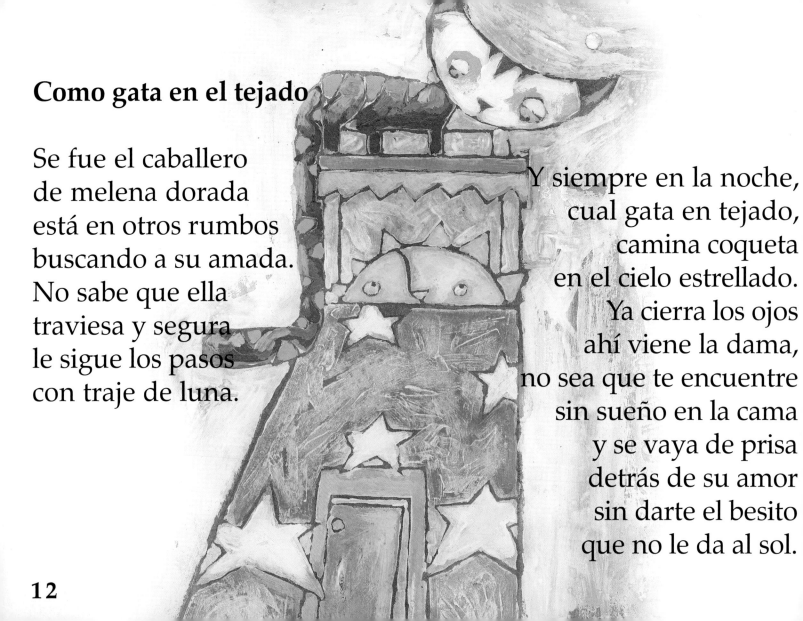

Como gata en el tejado

Se fue el caballero
de melena dorada
está en otros rumbos
buscando a su amada.
No sabe que ella
traviesa y segura
le sigue los pasos
con traje de luna.

Y siempre en la noche,
cual gata en tejado,
camina coqueta
en el cielo estrellado.
Ya cierra los ojos
ahí viene la dama,
no sea que te encuentre
sin sueño en la cama
y se vaya de prisa
detrás de su amor
sin darte el besito
que no le da al sol.

PARA EL BUEN ADIVINADOR

En la boca está el comienzo
en el armadillo su final
una fruta lo hizo rojo
y es muy dulce al paladar.

El bocadillo

Unos gemelos aventureros
les brillan la cara
andan por el suelo
les pasan cepillo sin tener pelo.

Los zapatos

14

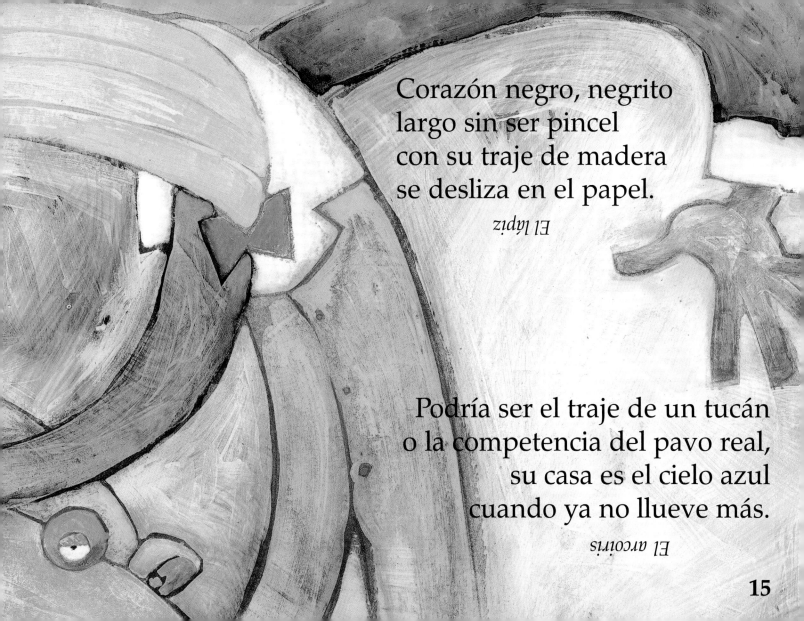

Corazón negro, negrito
largo sin ser pincel
con su traje de madera
se desliza en el papel.

El lápiz

Podría ser el traje de un tucán
o la competencia del pavo real,
su casa es el cielo azul
cuando ya no llueve más.

El arcoíris

15

Te lo puedes tomar
y también compartir.
Si no lo has adivinado
te lo vuelvo a repetir.

El té

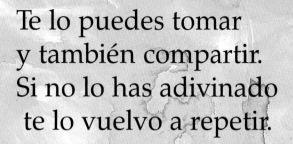

Entre olas va a nadar
y vacía nunca está
con canciones de corales
ella siempre llena va.

La ballena

16

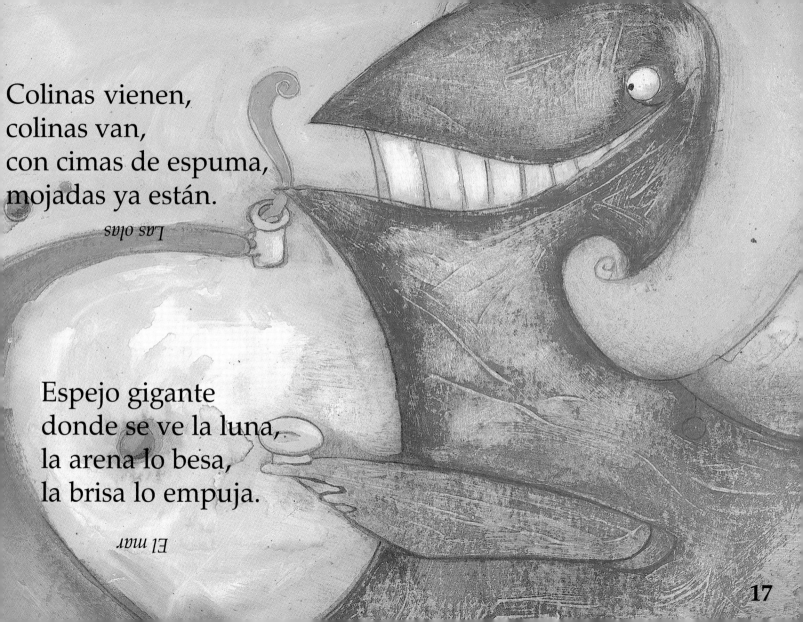

Colinas vienen,
colinas van,
con cimas de espuma,
mojadas ya están.

Las olas

Espejo gigante
donde se ve la luna,
la arena lo besa,
la brisa lo empuja.

El mar

17

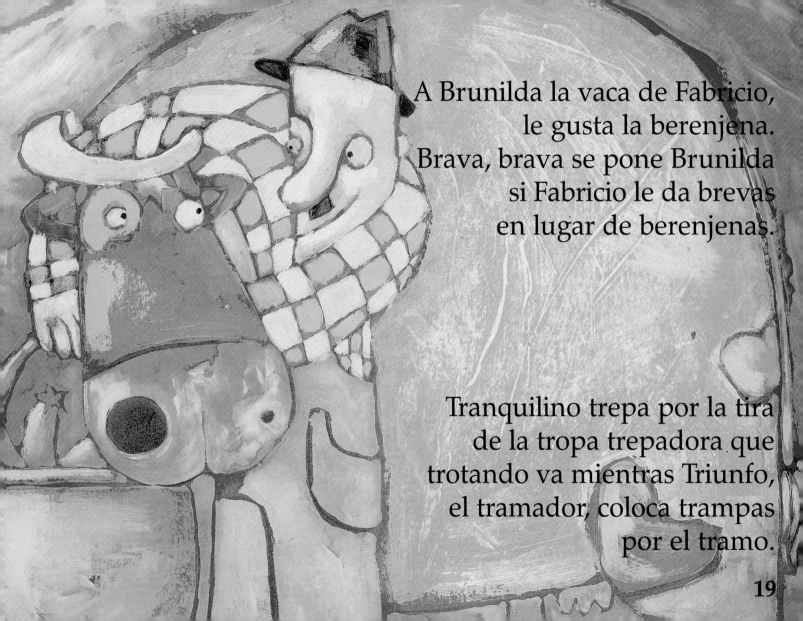

A Brunilda la vaca de Fabricio,
le gusta la berenjena.
Brava, brava se pone Brunilda
si Fabricio le da brevas
en lugar de berenjenas.

Tranquilino trepa por la tira
de la tropa trepadora que
trotando va mientras Triunfo,
el tramador, coloca trampas
por el tramo.

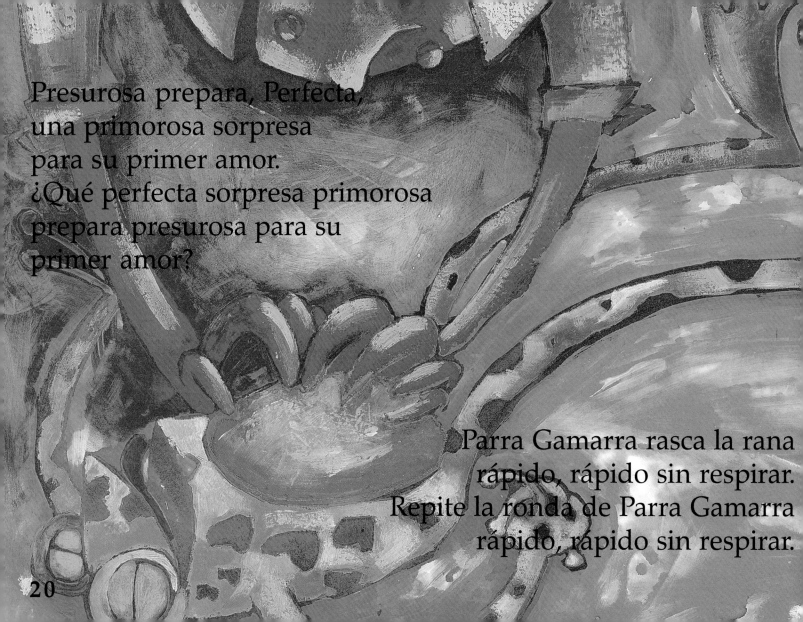

Presurosa prepara, Perfecta,
una primorosa sorpresa
para su primer amor.
¿Qué perfecta sorpresa primorosa
prepara presurosa para su
primer amor?

Parra Gamarra rasca la rana
rápido, rápido sin respirar.
Repite la ronda de Parra Gamarra
rápido, rápido sin respirar.

Aquí les doy lo que Aquiles dio
que le quiten o le pongan.
¿Qué más quiere usted señor?
Si lo que Aquiles dio aquí les doy.

Paquito Pecate patatas partió
poquito a poquito a Paquita le dio
Paquita pecosa de poco apetito
poco a poquito patatas comió.

21

Una cigarra con su guitarra
la carga, la guarda, le cuelga guirnaldas.
Guijarros de adorno graciosos aguardan
todos agrupados junto a la guitarra.

Tres caracoles en un caracolar
caracolean, caracolean
y a otros caracoles
no dejan caracolear.

PARA LA
PUNTADA FINAL

Mi abuelo me lo contó,
yo te lo cuento a ti
es un cuento viajero
listo para partir.

El cuento que acabo de echar
tiene una magia escondida
si lo vuelves a contar
las orejas se te estiran.

24

Me dijeron que este cuento
tú lo puedes oler,
dicen que huele a fantasía
si lo cuentas otra vez.

Un pollito se comió un granito
y este cuento te lo conté todito.

Un canario se ha escapado
porque el cuento se ha acabado.

25

Si no lo cuentas,
un tornillo perderás;
si lo vuelves a contar,
aprenderás a volar.

El que lo oyó que lo cuente,
si no, que se muerda un diente.

Cinco dedos de una mano
no atrapan un cuento escapado.

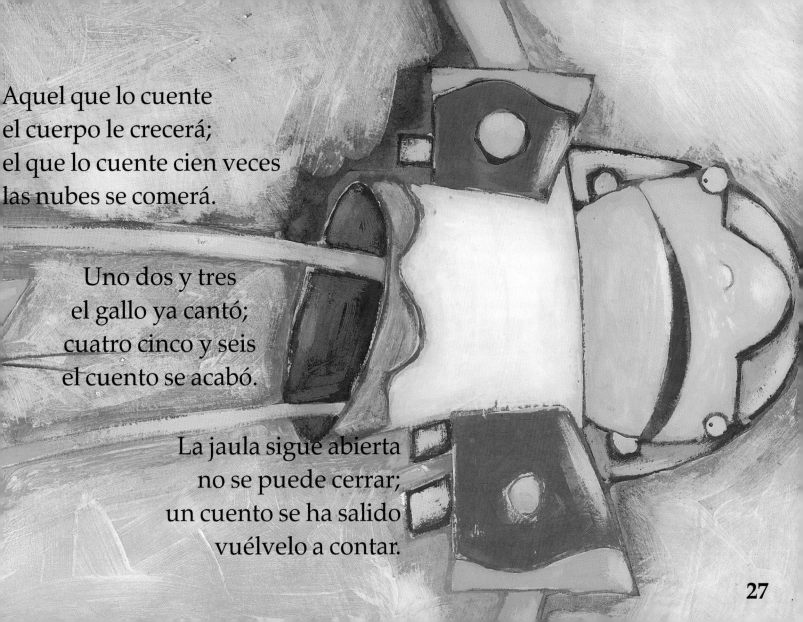

Aquel que lo cuente
el cuerpo le crecerá;
el que lo cuente cien veces
las nubes se comerá.

Uno dos y tres
el gallo ya cantó;
cuatro cinco y seis
el cuento se acabó.

La jaula sigue abierta
no se puede cerrar;
un cuento se ha salido
vuélvelo a contar.

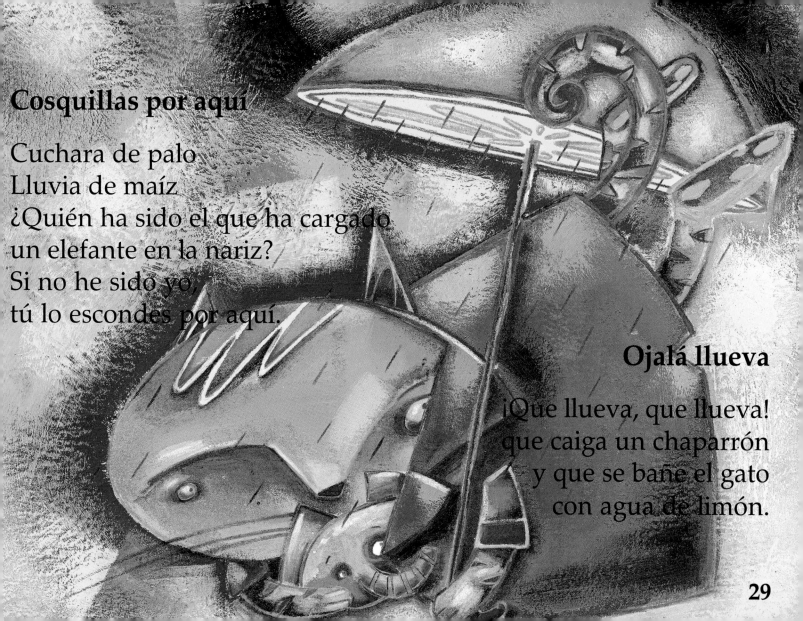

Cosquillas por aquí

Cuchara de palo
Lluvia de maíz
¿Quién ha sido el que ha cargado
un elefante en la nariz?
Si no he sido yo,
tú lo escondes por aquí.

Ojalá llueva

¡Que llueva, que llueva!
que caiga un chaparrón
y que se bañe el gato
con agua de limón.

29

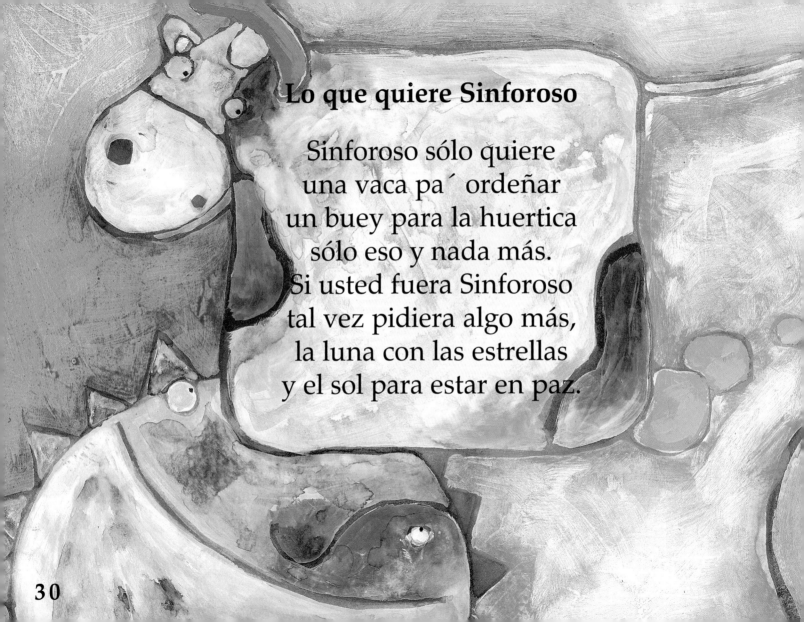

Lo que quiere Sinforoso

Sinforoso sólo quiere
una vaca pa´ ordeñar
un buey para la huertica
sólo eso y nada más.
Si usted fuera Sinforoso
tal vez pidiera algo más,
la luna con las estrellas
y el sol para estar en paz.

Ronda pin

Pin uno, rabo perruno;
pin dos, lobo feroz;
pin tres, de hocico al revés;
pin cuatro, cara de espanto;
pin cinco, y pego un brinco;
pin seis, me como un mamey;
pin siete, el gato se mete.
Pinocho, tú lo serás.

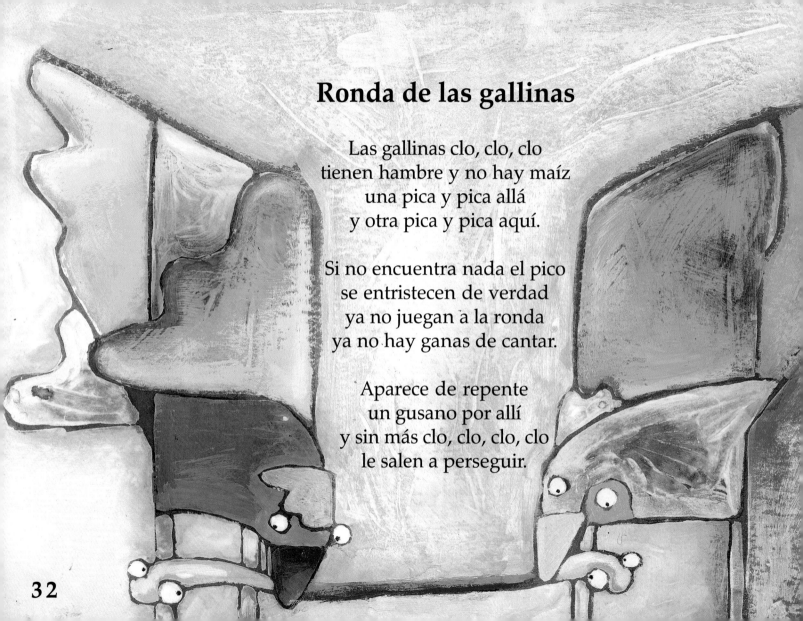

Ronda de las gallinas

Las gallinas clo, clo, clo
tienen hambre y no hay maíz
una pica y pica allá
y otra pica y pica aquí.

Si no encuentra nada el pico
se entristecen de verdad
ya no juegan a la ronda
ya no hay ganas de cantar.

Aparece de repente
un gusano por allí
y sin más clo, clo, clo, clo
le salen a perseguir.

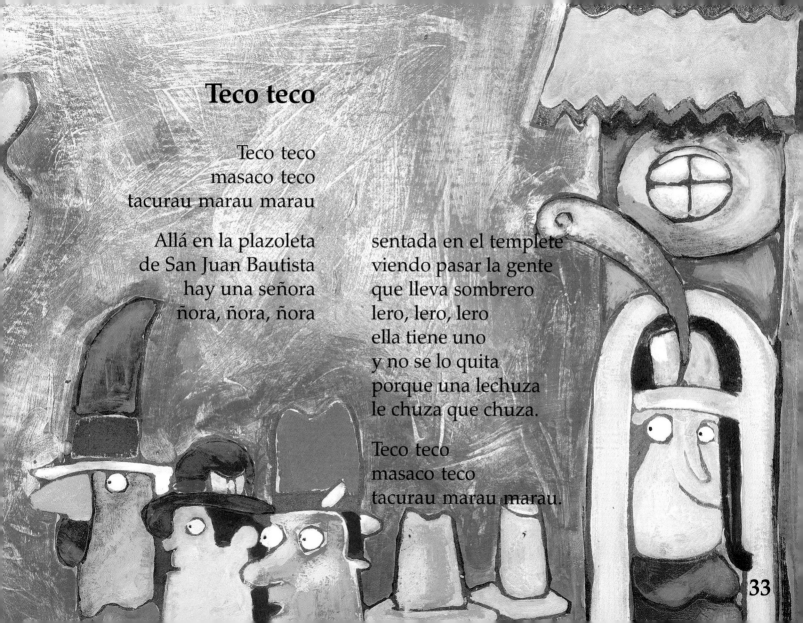

Teco teco

Teco teco
masaco teco
tacurau marau marau

Allá en la plazoleta
de San Juan Bautista
hay una señora
ñora, ñora, ñora

sentada en el templete
viendo pasar la gente
que lleva sombrero
lero, lero, lero
ella tiene uno
y no se lo quita
porque una lechuza
le chuza que chuza.

Teco teco
masaco teco
tacurau marau marau.

33

Numerario

El 1 quiere pasear
con el 2 y con el 3
pero el 4 lo invitó
con el 5 y el 6.
Con ellos no quiere ir,
y sin saber qué hacer,
fue donde el 7 a esconderse
otra vez.

Pero éste no pudo
porque el 8 muy amable
le ha brindado un pastel
y va para donde el 9
acompañado del 10
a comer el bizcochito
hasta muy tarde tal vez.

Un loro muy raro

Había una vez
un extraño loro francés
con las patas hacia arriba
y las plumas al revés.
Si quieres te lo cuento otra vez.

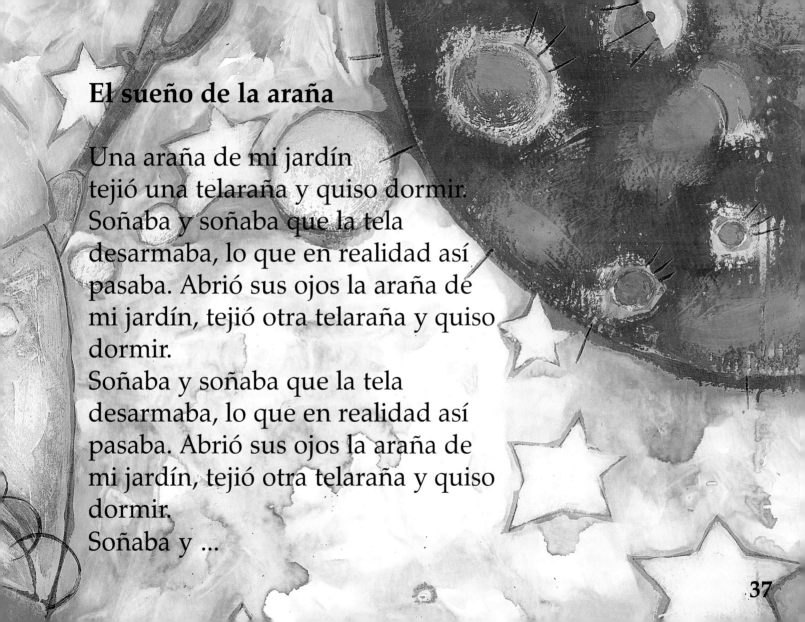

El sueño de la araña

Una araña de mi jardín
tejió una telaraña y quiso dormir.
Soñaba y soñaba que la tela
desarmaba, lo que en realidad así
pasaba. Abrió sus ojos la araña de
mi jardín, tejió otra telaraña y quiso
dormir.
Soñaba y soñaba que la tela
desarmaba, lo que en realidad así
pasaba. Abrió sus ojos la araña de
mi jardín, tejió otra telaraña y quiso
dormir.
Soñaba y ...

El cuento del pirata

Un pirata me vendió un cuento para
que yo te lo cuente a ti.

Es un cuento en espiral tan largo que
no tiene fin.

Si te quieres arriesgar te lo cuento
hasta el final; si me dejas proseguir
te lo vuelvo a repetir. ¿Sí?

38

El loro hablador

Había una vez un loro hablador
que comía piña, mango y melón
y se sabía el cuento de un loro
hablador que comía piña
mango y melón
que a su vez se sabía el cuento
de un loro hablador que comía
piña, mango y melón y además,
se sabía el cuento de un loro
hablador que comía piña,
mango y melón...

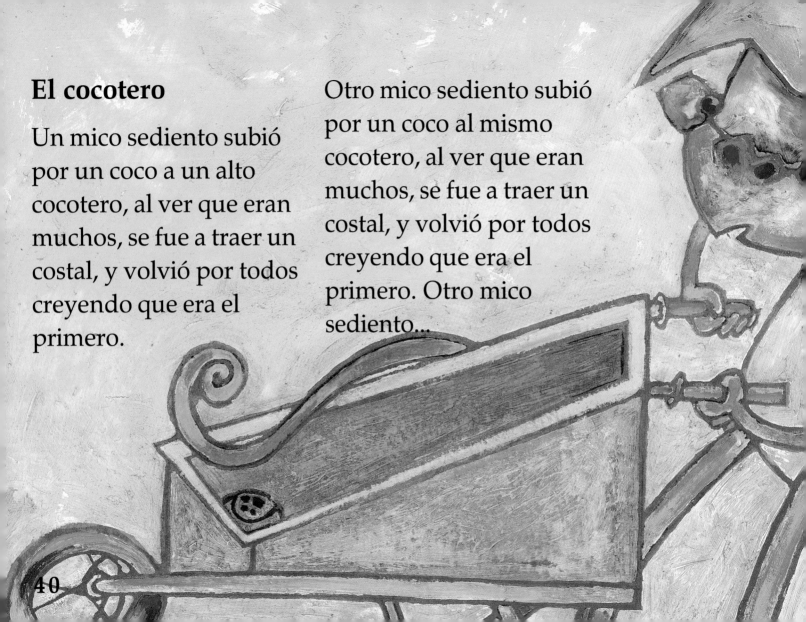

El cocotero

Un mico sediento subió por un coco a un alto cocotero, al ver que eran muchos, se fue a traer un costal, y volvió por todos creyendo que era el primero.

Otro mico sediento subió por un coco al mismo cocotero, al ver que eran muchos, se fue a traer un costal, y volvió por todos creyendo que era el primero. Otro mico sediento...

Obsequio

En agosto,
las mariposas se convierten
en cometas para sorprender al cielo
con una colcha de retazos.

¿Por qué llueve?

La lluvia es lo que resulta
de la risa incontenible de las nubes
cuando el viento les hace cosquillas
en los pies de algodón.

Mis canicas

Se me perdieron mis canicas.
Sí, sí, mis canicas,
esas bolitas de cristal
en donde se esconde el arco iris
cuando no se ve en el cielo.

Cosas de grandes

Me dicen mentiroso
porque digo lo que veo.
Yo no tengo culpa
si los grandes no pueden ver
los barcos de papel
que, cada mañana,
vuelan recogiendo
las gotitas de rocío del jardín
para llevarlas a donde nace el mar.

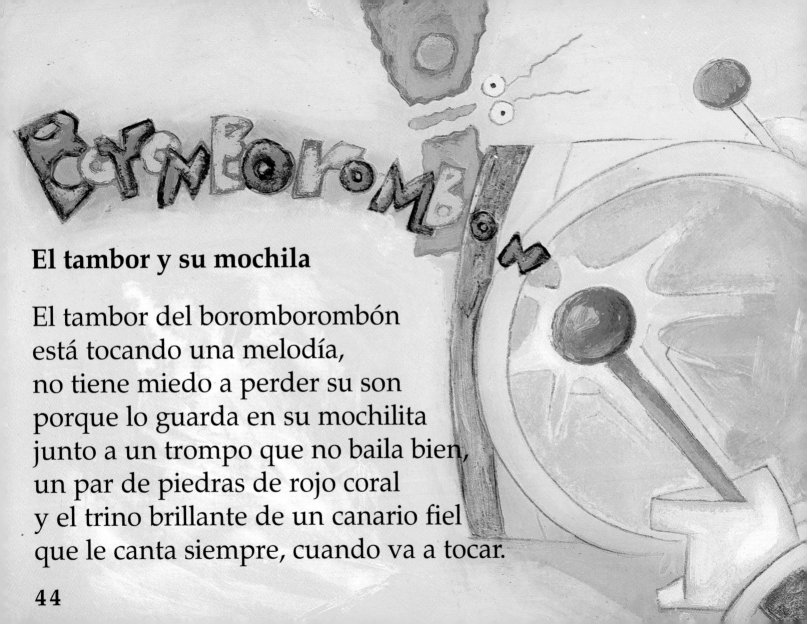

El tambor y su mochila

El tambor del boromborombón
está tocando una melodía,
no tiene miedo a perder su son
porque lo guarda en su mochilita
junto a un trompo que no baila bien,
un par de piedras de rojo coral
y el trino brillante de un canario fiel
que le canta siempre, cuando va a tocar.

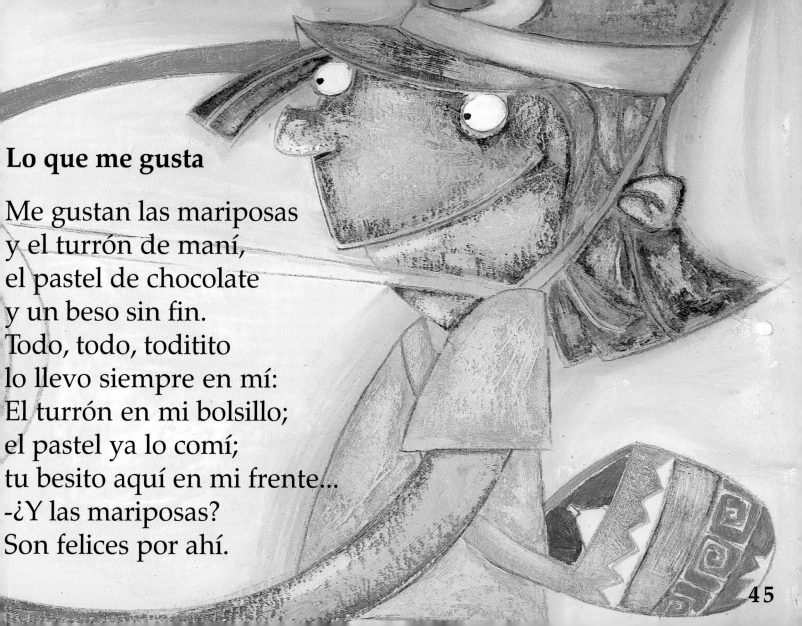

Lo que me gusta

Me gustan las mariposas
y el turrón de maní,
el pastel de chocolate
y un beso sin fin.
Todo, todo, toditito
lo llevo siempre en mí:
El turrón en mi bolsillo;
el pastel ya lo comí;
tu besito aquí en mi frente...
-¿Y las mariposas?
Son felices por ahí.

45

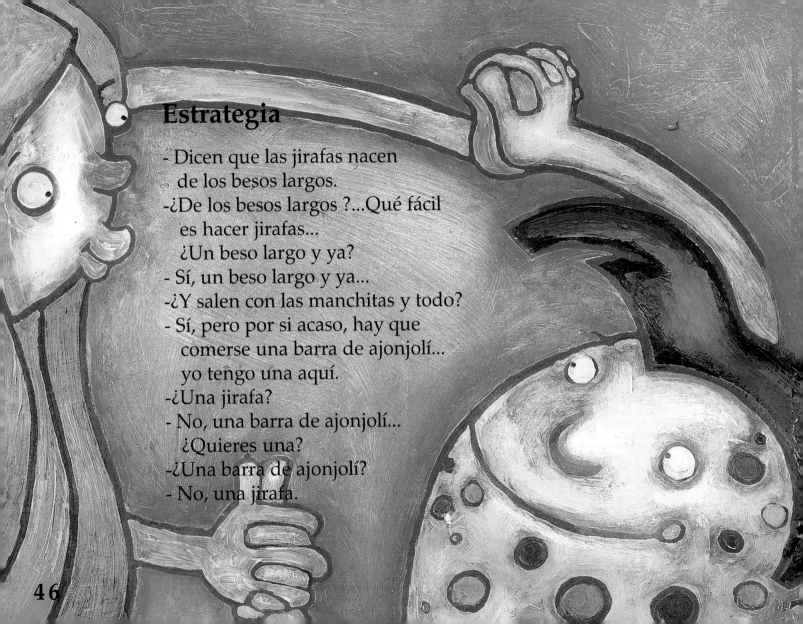

Estrategia

- Dicen que las jirafas nacen
 de los besos largos.
-¿De los besos largos ?...Qué fácil
 es hacer jirafas...
 ¿Un beso largo y ya?
- Sí, un beso largo y ya...
-¿Y salen con las manchitas y todo?
- Sí, pero por si acaso, hay que
 comerse una barra de ajonjolí...
 yo tengo una aquí.
-¿Una jirafa?
- No, una barra de ajonjolí...
 ¿Quieres una?
-¿Una barra de ajonjolí?
- No, una jirafa.

Secreto

Te voy a contar un secreto que
me contó ayer la luna. Dice que hace
mucho tiempo cuando no había ni arco
iris, dos luceros del cielo bajaron por
travesura, tocaron el alma de un niño y
desaparecieron sin más.
Uno de ellos es la misma luna y el otro
se convirtió en la ternura del beso
que la luna y el sol se dan
cuando se cuelgan del cielo
abrazados en un eclipse.

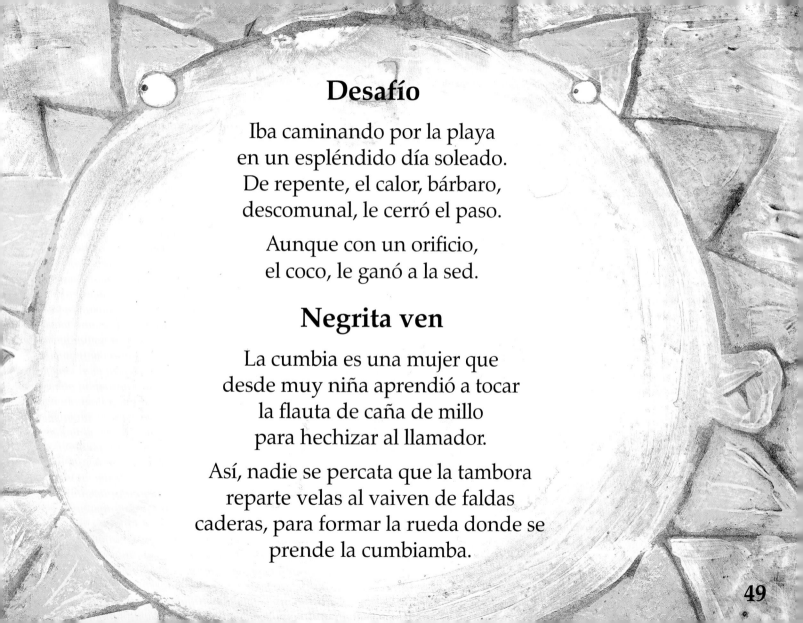

Desafío

Iba caminando por la playa
en un espléndido día soleado.
De repente, el calor, bárbaro,
descomunal, le cerró el paso.

Aunque con un orificio,
el coco, le ganó a la sed.

Negrita ven

La cumbia es una mujer que
desde muy niña aprendió a tocar
la flauta de caña de millo
para hechizar al llamador.

Así, nadie se percata que la tambora
reparte velas al vaiven de faldas
caderas, para formar la rueda donde se
prende la cumbiamba.

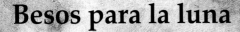

Besos para la luna

A Juan Diego Rojas Torres

Juan Diego ha pescado una ballena con un anzuelo de algodón.

Es una ballena que quiso ser unicornio y el viento le dio unas alas de colores para que pudiera volar por los sueños azulados del cielo y el mar.

La luna, desde su silla de estrellas, ve subir a Juan Diego en su ballena, sabe que no hay nada que hacer, una sonrisa puede comprar la canción que sale de los pétalos cuando se abren las flores o el corazón plateado de los cometas que escriben poemas en el firmamento con su cola de diamante.

Un beso, tras otro, se posa en la cara redonda que cuelga del cielo. Ella se deja por una sonrisa.

Juan Diego abre los ojos. Sus manos acarician el rostro dulce de mamá que sostiene mil besos en la piel y un par de luceros juguetean en las pestañas.

A través de la ventana, Juan Diego, ve la luna que se asoma y la silueta de una ballena que vuela de un lado a otro.

Ahora está solo en su habitación. Cierra sus ojos y sale por la ventana a buscar a la ballena que lo espera para volver a empezar.